A O I   K O M A C H I

川村 毅
K a w a m u r a   T a k e s h i

論創社

AOI KOMACHI

目次

A
O
I

登場人物

透

葵

光

六条

漠然とした空間。時間を喪失させたような部屋。凹凸のないつるりとした等身大の人形が正面向きで椅子に座っている。人形には髪の毛があり、透がそれでカットの練習をしている。やがて異変に気がついてカットの手を止める。

透　……なに？

それを確かめるように再びハサミを動かす。髪の毛を切る音が異様に響く。葵が立っている。

葵　光さんはおいでですか？
透　葵さん……もうお体のほうはいいんですか？
葵　ええ。最初からなんでもなかったんです。あたしってすごく神経質らしくって。光さんによく叱られるんです。
透　よかったですね。退院のお祝いの会をやりましょう。
葵　ありがとうございます。透さんはいつも親切で生きていくのに励みになります。

透　光さんがいるじゃないですか。
葵　いいえ。光さんとはそういうことではないんです。
透　……心配はいらない。光さんはいつもあなたのことを思ってますよ。
葵　光さんはあたしの毛が好きなだけなんです。
透　毛？　髪の毛のことですか？
葵　ええ。
透　光さんが葵さんの髪の毛に魅かれるのは当たり前ですよ。あなたは緑の黒髪を持っている。カットする者にとっては極上の素材。
葵　透さんまでそんなこと言うのね。ですから光さんはあたしの毛が好きなだけなんです。
透　だからそれは葵さんが好きだということじゃありませんか。
葵　そうかしら。
透　そうですよ。
葵　本当にそう思います？
透　そりゃ光さんは変わったところがありますからね。でも才能のある人間ってのは

葵　みんなああいうもんですよ。
透　……あの、光さんはいらっしゃる?
葵　知らなかったですか、今日は休みですよ。
透　そうだった。……あたしってばかみたい。
葵　電話しましょうか?
透　いいんです。あたしのことなんか気にしないで、透さん。お仕事を続けて。すみません、お邪魔してしまって。
葵　葵さんこそ気にしないで。これはただの練習ですから。
透　練習だなんて。

透は人形から鬘を取る。葵は驚いて叫ぶ。

透　どうしました?
葵　いやだ、あたし、人だとばかり思ってて。
透　練習用です。

葵　へえ、こういうものがあるんですね。
透　はい。でもやっぱり人間じゃないと。光さんの言うとおりです。練習するにも命の宿ってる髪の毛じゃないと。死んだ髪を相手にしていても感じがつかめないんです。
葵　この人は死んでいるの？
透　……光さんを呼びますね。（携帯電話を取り出す）
葵　あたしを練習台にして、透さん。
透　無理ですよ。
葵　なぜ？　あたしが死んでいるからと言いたいの。
透　……なにを言ってるんですか。
葵　カットしてください。そのためにここへ来たのですから。
透　光さんに怒られます。
葵　あたしがどうしてもと頼んだと言うから。
透　仕方ないですね。
葵　あたし、わがままですか？

透　どうですかね。
葵　わがままですね。
透　そうでもないでしょう。

透は人形を椅子からどける。葵が座る。透が背後に立つ。

透　どうしましょう?
葵　透さんの好きなようにしてください。
透　どういうふうにしたいのか、感じでもいいですから言ってください。
葵　あたしには言えないわ。いつも光さんの好きに任せてるから。
透　わかりました……（とりかかろうとするが手を止め）やっぱりぼくにはできません。光さんを呼びます。（携帯電話を取り出しつつ去る）
葵　あっ、まって……

ひとり残された葵。正面を向いたまま。

葵　……また、あなたですね。もうお友達ね。鏡の向こうで揺らいで見えるあなた。水のなかにいるの？　そこで何をしているの？　手招きをして、そんなにそっちは居心地がいいの？　もしかしたらあなたはあたし？　あなたの考えていることが手に取るようにわかります。自分のことのようにわかるわ。あたし、あなたに負けたくない。醜い？　初めて声をかけてくれましたね。醜い？　あたしが？　そんなこと知っています。あたしが醜いことなんか誰でも知ってるわ。嘘？　嘘つき？　髪の毛を返して？　なぜ？　あなたはきれいな黒髪を持っているじゃない。やめてください、あたしの髪をひっぱるのはやめてください。痛い、やめて！　髪を引っ張らないで、やめて！　やめて！　お父さん！（意識を失う）

外から光が入ってくる。葵に近づく。

光　葵……。（落ちている髪を取り上げる）

透がやってくる。

透　あ！

光　君がカットしたのか？

透　それは……違うんです。

光　透君、余計なことをしてくれたね。

透　だから、違うんです。それは死んでる者の髪の毛です。

光　生意気なことを言うね、君は。

透　いいえ、そうではなくて。命が宿っていないんです。

光　命の宿っていない髪の毛などあるものか。君、ぼくの普段言っていることを忘れているね。

透　いえ、そうではなくて……もういいです。

光　もういいですってことはないよ。ぼくは君に教えたはずだ。毛根から離れた髪の毛にも生命が宿っているものだと。

透　ですから違うんです。人形で練習していたら、葵さんがやってきてカットして

光　くれとぼくに言ったんです。その髪の毛は人形のものなんです。
透　……なんだ、つまらない。
光　葵さん、退院されたそうじゃないですか。おめでとうございます。
透　病院を抜け出して、ここに来たんだ。治ってはいない。悪くなるいっぽうだ。
光　……。
透　……それで君はカットしてやらなかったのか？
光　誰のをですか？
透　だから葵のをだよ。
光　とんでもない。
透　君は本当に退屈な男だな。
光　たまにあなたのことがわからなくなります。
透　嘘でもいいからカットしたと言えばいいのに。
光　わかりません。それに何の意味があるんですか？
透　ぼくに嫉妬心を抱かせるためさ。それで退屈なこの世が少しはおもしろくなるというもんじゃないか。

透　……床を掃きます。（去ろうとする）

光　すぐに片付けることはない。どうせ最初から死んでいる髪の毛だろう。聞きたまえ。ぼくの話は終わっていない。

透　葵さんはあなたのものです。

光　もの？　もの、か。それなら交換もできるし、すぐに捨てることもできるということだな。

透　本当にそんな程度なんですか？

光　違うな。ものではない。葵はぼくのものなどでは断じてない。葵は葵だ。誰のものにもなり得ない、言ってみればこの子は一個の病気だ。

透　病気？

光　誰にも立ち入ることのできない気高い病気なんだ。今の発作のことを言っているのではないぞ。それより前から、会ったときから葵は輝く病気だった。

透　やはり光さんは葵さんを愛しているんだ。

光　よくそんな恥ずかしいことが言えるな。

透　それが愛でないと言うなら、何を愛と言うんです。

光　君達凡人はすぐその言葉を出して納得しようとする。葵とぼくの関係はそんなに単純なことではない。

透　……凡人俗人のひとりとして生意気を言っていいですか？

光　（笑い）どうぞ。

透　あなたのそういうわけのわからない態度が葵さんの病気を悪くさせているんじゃないですか？

光　わかっていないね。この子はずっと病気なんだ。

透　あなたが最初にここに連れてこられたとき、葵さんは健康そのものでしたよ。

光　健康だって？　そこが君の限界なんだよ。葵の病気を読み取れなかったんだな。

透　葵さんは明るくて素直で頭のいい女性でしたよ。

光　君はやはり田舎へ帰るんだな。

透　あんなに健康そうだった人が入院だなんて。正直ぼくはショックでした。

光　なんだ、君は葵の発作のことを言っているのか？　それをぼくのせいだと責めているのか？　なんだそういうことか。話はぼくが考えたことより単純だったんだな。いいか、君、よく聞くんだ。ぼくは君が思っていた次元よりもっと広い、宇

透　宙規模のことを考えていたと解釈するんだ。君がこの場所を足場に思考しているとするならば、ぼくは宇宙の無重力状態を浮遊していると想像してくれ。これではいくら話し合っても無駄だ。やめよう。ただ君は誤解している。葵の今の発作と入院は断じてぼくのせいではない。発作は半年前から始まった。誰の仕業かぼくは知っている。知りたいだろう？　髪の毛の仕業だ。何度も言っているだろう？　床に落ちた髪の毛にも命が宿っている。彼女達の生活と記憶が染み込んだ髪の毛は生きている。だからぼくたちは一本足りとも残さずに細心の注意を払って掃き清めていなければならない。髪の毛どうしが戦争を始めたらかなわないからね。

光　じゃあ葵さんの発作は誰かの髪の毛のせいだと？

透　入念な掃除を怠った罰さ。いや、君のせいだと言っているんじゃないよ。

光　いいえ。そういうことならぼくの責任です。

透　すべてはぼくの不徳のいたすところだ。

光　やっぱり愛してるんだ、葵さんを。

透　聞き分けのない田舎者だな。

透　田舎者でけっこうですよ。

光　それなら腕は上達しないよ。

透　田舎者のままで上達してみせます。

光　無理だね。

光の携帯電話が鳴る。取り出し、表示を眺めて出る。切れた様子。光は黙って立っている。去る。見送った透は掃除用具を出してきて掃く。葵が意識を取り戻す。

葵　透さん……。

透　葵さん、だいじょぶでしたか?

葵　今度はカット、してくださいね。約束よ。

透　……光さんを呼んできます。(去る)

葵、立ち上がり部屋の奥まで行って壁に寄りかかっている。光がすっと現れて同じく壁によりかかる。

葵　どこにいたの？

光　君こそ。

葵　水槽のなか。

光　水族館だね。

葵　多分。海とか湖ではなかった。

光　泳いだんだね。楽しかった？

葵　ひきこまれたの、大人の女の人に。あの人あたし、知ってる。名前は――

光　言っちゃだめだ！　楽しいことを考えるんだ。楽しいことだけを。

葵　じゃあ光さんのことを考える。あたしの死刑執行人。答えて。どこにいたの？

光　君の願い通り、処刑場。どういう死に方がいいのかな？

葵　首吊りは嫌よ。きれいな死体になれるやり方。

光　注射かな。

葵　つまらない。

光　電気。

葵　いや。
光　銃殺。
葵　顔を撃つつもりでしょう?　いやだわ。
光　困ったな……ギロチン。まさかね。
葵　いいわ。すてき。
光　首と胴体が離れてしまったら抱き締められなくなる。もう少し考えさせてくれ。
葵　お葬式のことは考えてくれた?
光　ああ。
葵　埋葬場所はどこ?
光　休火山のふもとの小さな教会の裏手。
葵　すてき。遺体は燃やさないでね、灰になったあたしをあなたはすぐに忘れてしまうでしょうから。
光　そんなことはない。
葵　死んでからも生身のからだでいたい。自分が腐っていくのを感じたい。光さん、死んだあたしを絶対抱いてね。一週間置きに会いにきて。でもあなたは腐ったあたしを抱けないに決まっている。

光　君はまだ知らないんだね。腐乱した女性性器というのは最高なんだ。

葵　どこで教わったの？

光　自分で知ったんだ。こうやってふたりだけでいると、君もぼくもこの世の存在ではなくなる。

光は葵の髪の毛に両手をさし入れ、激しく抱擁する。葵は逃れるかのように前に歩いてきて椅子に座る。光は追う。

葵　カット、お願いします。

巨大な鏡が降りてくる。葵は鏡のほうを振り向く。

光　どのようにいたしましょうか？

葵　あたしを死体にしたいんでしょう、光さん。お好きなように。

光はカットを始める。

葵　髪の毛が好き？　光さん。
光　ああ。
葵　あたしの髪の毛好き？
光　もちろん。
葵　下の毛は？
光　好きだ。でも髪の毛のほうが好きだ。
葵　光さんはあたしの髪の毛だけが好きなんじゃない？
光　……職業にしているからね。
葵　そういうことじゃないの。
光　君の髪の毛の感触は最高だよ。
葵　髪の毛で勃起する？
光　ああ。今もしている。触ってごらん。……ね？

葵　でも光さん、好きなのはあたしの髪の毛だけじゃないでしょう？

光　（手を止め）なにが言いたいの？

葵　あたし、見てしまったの。光さんの髪の毛のコレクション。

光　……あの部屋には入るなと言ったのに。見なくていいものは見なかったことにしておけばいい。

葵　あれは全部女の人の？

光　ああ。

葵　思い出しているのね。

光　違う。ただ時々感触を確かめているだけなんだ。どれが誰の髪の毛だったのかは関係ない。ぼくが興味あるのはそれぞれ手触りの違う髪の毛そのものだ。髪の毛の先に広がる個人の顔やらからだにはもううんざりしている。わかってくれるかな、葵。ぼくはもはやそういう男なんだ。

葵　あたしにも、うんざり？

光　君には顔もからだもついてるじゃないか。そういう存在は葵、君だけだ。コレクションを見てしまったと言うなら、ついでに誰にも言ったことのない秘密を打ち

葵　明けておこう。
光　怖いこと？
葵　人によっては。多分。
光　どんなことにだって耐えてみせる。
　　じゃあ言うよ。ぼくの秘密の性生活。集めた髪の毛をさすり、握り締め、感触を味わいながら自分で慰めている。
葵　誰の髪の毛？
光　だから誰のものなのかわからない。いつも同じものと決まっているわけでもない。ぼくに思い出はない。思い出というものがない。ぼくにはただ髪の毛の感触だけが重要なんだ。
葵　そのなかにはあの人の髪の毛もあるのね。
光　あの人？
葵　あの人。あの人は鏡のなかで自分を名乗ったわ。
光　葵、やめろ。
葵　あの人、あたしを恨むって、殺したいって、あたしを。あの人の名前は――

光　だめだ！

葵　あの人の名前は――

光　それを口にしたらあっちの思う壺なんだ！

葵　あの人の名前は……六条さん。

言いきった途端、葵の顔とからだがそのままの姿勢と表情で硬直し動かなくなる。

光　葵！　葵！

透が走ってやってくる。

透　どうしました？

光の携帯電話が鳴る。光は表示を見て急いで取る。

光　あなた、あなたですね。

葵　タ・ス・ケ・テ。

透　葵さん、しっかり！

光　あなた今近くにいるんでしょう？　わかってるんですよ。あなたの考えと行動はお見通しですよ。いいですか、こんなストーカーまがいのことはやめてください。ぼくにだけならまだいいが、葵につきまとうのはやめてください。あなた、こんなことをしていて自分で自分が悲しくなりませんか？　もしもし、聞いてるんですか？　気に入らないことがあるなら、どこかで会って決着をつけようじゃないですか。もしもし、なぜ黙ってるんです？　自分からかけておいて黙ってるのはやめてください。もしもし、もしもし……

その間、葵は両腕を不思議な格好で硬直させたまま椅子から浮き上がり、空中を地面と平行に移動していく。透はそれを呆然としながら見ている。葵の姿が消えていく方向を透は追う。光は葵が椅子からいなくなったことに気がつく。

光　どこだ、葵！

鏡の向こうで携帯電話を手にした六条が立っている。それが光には見えないのか、気がつかない。

六条　忘れないわ。忘れられるものですか。

光　（携帯電話に耳をつけ）もしもし、何か言いましたね、もう一度言ってください。

六条　二時に予約した六条です。

光　やっぱりあなただったんですね。葵をどこにやったんです？

六条　その椅子は私の定席だったのよ。

光　やっぱり近くにいるんですね。もしもし……もしもし……。近くにいるなら今すぐ店までいらしてください。

六条は携帯電話をしまい、ゆっくり鏡から出てくる。光はそこでやっと六条の存在に気がつく。

光　やっと会えましたね。

六条　久しぶりね、光さん。大人になって。

光　あなたはあの頃と変わっていない。

六条　嘘でもうれしいわ。

光　さて、冷静に話し合いましょう。

六条　あら、冷静にですって。お互い十分冷静でしょう？　そんなことわざわざ言う必要があって？

光　あなたの要求を聞かせてください。

六条　要求だなんて、おおげさな。私はただあなたにカットしてもらいたくてここに来ただけ。（床の髪の毛を拾い）あの子の髪の毛。若いのね。張りがあってつやがあって。

六条、葵がいた椅子に座ろうとする。

光　そこには座らないでください。

六条　半年前と同じ仕打ちね。そんなにこれがいいの？（光に向けて髪の毛を口でふっと飛ばす）ひどい店だわ。かつての常連客にこの仕打ち。私、どこに座ればいいの？

光　あの子を返してください。

六条　（笑い）返して、だって。ものじゃあるまいし。その言い草。聞き苦しいわ、光さん。そんな振る舞い、私は教えなかったはずよ。

光　ぼくはもうあなたのものではないんです。

六条　あなたが私のものだった？　そんなことがあったかしら？　世の中の仕組みを教えた覚えはあるけど、ものだなんて。私を嫌な女にするのはやめて。

光　あの子を苦しめるのはやめてください。苦しめたいのならぼくを……。

六条　あなたはわかっていないわ。あの子の苦しみはもともと自分で持っていたものなのよ。やめて、そんな必死な顔。あなたにそんな表情は似合わない。あの子があなたの顔に貼り付けたのね。わかっているのよ、私。あの手の小娘は決まって殿方をつまらない男にしてしまう。心配しなくていいわ、光さん。あなたの大事な

光　あの子はあちら側でゆっくり眠っていらっしゃるから。（と鏡を指さす）

六条　あちら側？

光　あちら側ではね、隠していたはずの感情が炎や水になって現れるの。あの子もそこで身を焦がせば、きっと洗練された大人の女になるでしょう。

六条　あの子はそういうのとは違うんです。炎や水といった感情とは無縁のところで生きているんです。

光　ガキなのよ、ガキ。そうした感情を持つことがまだ怖いんだわ。光さん、あなたはガキの世界にうんざりしているんじゃないの？　きっとそうよ。だからこうやって私を呼んだに違いない。

六条　自分の都合のいいほうにしか考えようとしない。オバサンってやつはこれだから嫌になる。

光　まっ！

六条　ぼくはあなたを呼んでなんかいない。

光　ではなぜ私がここにいるの？

六条　知りません！

六条　あなたが呼んだのよ、そうとしか考えられない。そうでなければこんなに忙しい私が来るはずもない。ねえ、光さん、教えてちょうだい。なぜ、あの子のことがそんなに心配なの？

光　それはぼくが彼女を愛……

六条　……愛しているから？　まさか！　あなたがそんな言葉を使うなんて！

光　違う、違う！　愛なんかじゃない、愛なんて嫌だ！

六条　（微笑み）すてきよ、光さん。今の顔、あの頃のあなたに戻ってる。なにものでもないからこそ気高かったあなたに。

光　あの子とぼくの間のことは、これまで使われてきた言葉では言い表せないものなんです。

六条　だからね、光さん、それは恋愛とは別のものなのよ。あなたは自分でそのことをわかっているんだわ。はっきり言うわ、私はあなたを愛していた。あなたは私を愛していた？

光　ええ。

六条　そうら、ごらんなさい！

光　でもあなたは簡単に愛などということを口にしないぼくが好みだったんでしょう？

六条　そうよ。

光　どっちなんです？　はっきりしてください。

六条　私だけを愛していればいいのよ。

光　わかりやす過ぎですよ。物語が終わってしまいました。さあ、六条さん、あちら側に戻って。そしてあの子を返してください。

六条、しばしの沈黙の後、鏡に向かいかけるが、立ち止まる。

六条　終わってないわ。……本当にこれで終わりにすることができると思って？　私をわかりやすさのなかに閉じ込めたままで。（六条、きっと光を見据える）あなたこそ、わかりやすい大人の男になってしまった。

光　あなたがぼくをそうしたんです。

六条　いいえ。あなたにはがっかりだわ。あなたはそんなふうではなかった。思い出話をしましょう。

光　それで気が済むというのなら。

六条　随分他人事みたいな言い方をなさるのね。共犯のくせして。

光　意味がわかりませんね。

六条　初めて会ったときあなたは二十二だった。桜の咲く季節だというのにあの年は寒い春だった。お花見のできるレストランにあの人に連れられて現れたあなたは、窓を背にしていたものだから、そう、あなたの体から桜の花の枝が分かれているかのようだった。あなたは桜の幹になったからだを仕立てたばかりのイタリアンスーツで包んでいた。

光　イタリアンスーツ？　あのときはそこいらの紳士服の吊るしを着せられていたはずだ。あなたのご主人って方はほんとケチでしたからね。無駄な金は使わない主義だ。まったく金持ちってやつは……いや、感謝はしています。御恩は忘れません。ぼくの今の成功のきっかけを与えてくれたのがご主人ですからね。

六条　いまさらご主人なんて言い草はやめて。それならば私はまだあの人の家来か奴隷ってこと？

光　そういうつもりで言ったんじゃありません。あなたは自立した立派な大人の女だ。

六条　どことなくなげやりな言い方。……あなたと会って、私は自由になったんだわ。桜の枝の次は羽根。あなたの背中に羽根が広がっているのが見えた。まだ存分には使われてはいない初々しい感触のしそうな羽根。あなたはそれで私のそばに舞い降りてきた。あなたは野望に燃えた青年だったけれどすべてを諦めているような眼の輝きをしていた。時折見せる憂い顔は物事をすべて知り尽くしたかのような諦めの表情を宿していた。それが私には堪らなかった。私にはその表情のわけがわかっていた。なぜならあなたはあの人に性的に支配されていたから。

光　なにを言っているんですか。

六条　あの人から自由にさせないと、あなたの羽根が腐ってしまうと思ったの。諦めの表情が堪らなかったんだけれど！

光　そういった類いの思い出話はやめましょう。

六条　あなたは夫のものだった。

光　またそんなことを。やめてください。

六条　いいえ、やめません。これは重大なことよ。あの人はご主人だった。私もあなたもあの人の家来、奴隷だった。耐えていたんだわ、あなたも私も。贅肉だらけの、支配欲でぶよぶよになったあの体に。そうでしょう?

光　ばかばかしい、ぼくは答えたくない。ご主人に聞いてください。

六条　ばかね、どうやって聞くのよ。

光　ご主人はぼくの才能を見込んでくれたまでのことです。

六条　私の主人。男。立派な男。力のある男。金を持った男。男のなかの男として世間の称賛を浴びる男。あの人の支配のやりくちはいつも決まっていた。他人を服従させないと安心して夜眠ることのできない男なのだから。私は決心したの、羽根をつけたこの子をあの人から救わなくちゃって。私にそう決意させたのはなんだったと思う?　開店した店に行って、あなたが私の背後に立ったとき。鏡のあなたに羽根が広がっているのが見えた。あなたの指が私の髪にいれられたとき。……いれてみて。今。

光、六条の髪に指を入れる。

六条　よかった。ここにはまだあのときと同じ感触がある。なにものでもないものだけが持っている気高さが。

光　これで十分でしょう？　帰ってください。もう返せとは言いません。葵は自分で探します。

六条　……私と過ごした時間、あなたは幸せだった？

光　ええ。感謝しています。

六条　感謝？

光　あなたはぼくを立派な男にしてくれました。

六条　どういう意味？

光　社会的な存在にしてくれました。

六条　わからないわ、社会的な存在だなんて言い草。

光　自分で言うのもなんですが、ぼくは今カリスマと呼ばれる存在になっています。あなたとの付き合いのおかげです。あなたが金と力を持つ大人の男にぼくを育ててくれたんです。

六条　そんなはずはない！　私が男にしたなんて。金と力だなんて、まるであの人と同

光　じじゃない！　私はあなたをなにものでもないものとして慈しんだのよ。あなたがそのままの姿で気高く生きていけるように教育しただけなのよ。

光　そう言いながら結局あなたがぼくにしたことは男として成長することの手助けだったんです。

六条　やめて！　男にするだの男になるだのという言い草は！　あなたはそんなものとは無縁のまま成長していくのよ。

光　この世で人がなにものでもないものとして生きていくことなど不可能です。

六条　やっぱり男になったと言いたいのね。

光　さっき言ったことを訂正します。あなたはぼくを立派な人間にしてくれました。

六条　男じゃなくて？

光　ええ。

六条　よかった。で、あなたは今でもなにものでもないものなのね。

光　いいえ。ぼくはれっきとした男です。

六条　あらやだ！

光　葵と会う前に何人かの女性とつきあいました。ぼくが男になったというなら多分彼女達と過ごした時間のせいでしょう。

六条　知ってるわよ、あなた。私といる間にもあなたは何人もの小娘とつきあっていた。私が知らないとでも思っていたの。知らないふりをしていただけよ。それもあなたにとっての人生勉強だと思って私は黙っていたの。それが結局はこんなことになるなんて。ねえ言ってよ、寝たのは何人？

光　数えてはいません。

六条　数えられないほどしたのか、このヤリチン野郎！

光　（驚き、呆然と）……あなた、なんて言いました？

六条　（自分の言ったことに自覚のないまま）こんな女が他にいると思って。恋人が遊んでいることを知ってもじっと黙っている女。私には耐えることができたの。あなたのしていることは恋愛とは別物だと知っていたから。たとえあなたが本気だと言い張ったとしても、あなたのためにはならない恋愛だと確信していたから。

光　でもぼくは後悔はしていません。彼女達には別に感謝もしませんが。

六条　感謝などいるものか、罵倒しておやり！　何も寄越さないであなたからは盗んでばかりの小娘どもは！　あいつら、あなたから気高さを取っていったのね！　葵っていうあの子もそういうなかのひとりに過ぎないのよ。

光　ほっといてくれ！

六条　ほっといてくれですって。その言い方、馬鹿な男そのもの！　やっぱりあなたをもう一度自由にしなければ。私達は自由になるために今一度共犯関係を築かなければ。あの夜を思い出して、立ち返ってみなければ。

光　ぼくにはあなたの言うことが理解できない。

六条　あの夜のことを言ってるの。

光　どの夜のことです？　あなたとは何千回となく過ごしましたよ。

六条　今の言い方なかなかよろしい。子宮にびんときたわ。

光　感じやすいあなたに長々とつきあっている暇はないんです。

六条、光に近づき頰を打つ。

六条　あの夜に決まってるじゃない。あの熱い、長い夜、避暑地が猛暑に見舞われたあの八月の一夜。

光

そんな八月がありましたかね。

六条

思い出すのが怖いのね。私は二日前からあの人と湖畔の別荘で過ごして、機会を伺っていた。あの日は、昼間から空が不思議な色をしていた。テラスから見上げると、何か体によくないガスが充満しているかのように真っ黄色で、それが湖面に反射している光景は、水の砂漠のようだった。水の砂漠。それが日が暮れるにつれて濃いだいだい色に変わっていって、夕暮れ時の恐ろしいまでの赤みといったら、近くの町がどこかの国から爆撃されて燃えさかる炎が空に映えているかのようだった。怖くなって私は寝室に籠もった。あの人は私の恐怖になんかまるで無頓着のままコンピューターで株式市場を閲覧していた。天窓から夜空が見えた。内臓が吸い上げられてしまいそうな暗い青。さっきの爆撃で内臓をなくした人間ばかりが生活している。でも世界の始まりのときの空の色はこんなふうじゃなかったのかしら。そう考えて、むしょうにあなたが恋しくなった。気がつくとぐんぐん気温が上がっていて、冷房も効かないぐらいに外気が暑くなっていた。私は平気だった。もう内臓がなかったから。ただの人の型をした器。あなたを焦がれるだけの細長いグラス。居間に行くと、あの人は暑さのせいでぐったりとしていた。それを確かめて、あなたに電話したの。来て……早く、来てって。

光　やめてください。

六条　権力とお金を自由に操る男が、明かりを消した薄暗がりのなかで、たかが暑さのせいでぐったりと力を無くしている。あなたにも見えるでしょう？

幻の夫の像が現れる。腹部から下だけの男のマネキン。精巧に造られた性器を持つ。

六条　光さん、来て……早く来て。睡眠薬だとかなんだとか、つまらない手間がはぶけたのよ。ほら、私が近づいたってまるで気がつかない。

光　何を考えているんだ。

六条　後には引けないわよ、光さん、あなたはここに来てしまったのだから。

光　ぼくはごめんだ。

六条　逃げてはだめよ、光さん。あなたは私に借りがあるのだから。私をだましたつもりで、他の女と遊んでいたことの借りを返してくれなければならないの。私はあなたを自由にしていた。でも私は自由じゃない。あなたも実は自由なんかじゃない。

六条、幻の夫の首に見えない紐を巻き付ける。

六条　手伝って、光さん。この人、ほら、こんなに暴れている！

光、その場から立ち去ろうとする。

六条　光さん！

光、戻り、幻に近づく。

六条　さ、早く、紐の片方を引いて！

光　これにつきあったら終わりにしてくれますね。

六条　（うなずく）

光は紐の片端を引っ張った様子。ふたりで引いている様子。やがて、六条と光は力を抜く。

光　……これでもう十分でしょう。

六条　最後までつきあってくれる約束でしょう？

光　最後？

六条　なにを驚いた顔をしているの。これをこのままにしておいて世間様が納得すると思っているの？……のんきな顔で死んでるわ。いい気味ね。私を縛り続けた罰よ。

光　あなたを愛し過ぎていたせいかも知れませんよ。

六条　……なぜそういうことを言うのよ。……なんでそういうこと言うのよ、あなた。さ、そっちを持ってちょうだい。

ふたりは幻を抱え上げる。

光　どこへ持っていくんです？

六条　お風呂場。

光　それはどこなんです？

六条　むこう。

鏡が上がる。そこには幻のバスタヴがある。幻の死体をなかに放り込む。

光　わかりましたよ。切り刻むんですね。

六条　手間がかかるわ。もっといい方法があるのよ。あれを持って来て。

指さした場所には何もない。

六条　女の手では一苦労だから、あなた、あれを持って来て。

光はそこに向かい片手で持って来る仕草。

六条　一苦労だと言ってるでしょ。言ったとおりにやってちょうだい！

次に光は両手でやっとこさ抱え上げ、持って来る仕草。

六条　ここに流して。

光、バスタヴに注ぐ仕草。終える。

光　なんです、これは？

六条　硫酸。……骨まで溶けるわ。

光　……。

六条　見て。私達の帝国が溶けていく。……溶けていくわ、私達の帝国……光、抱いてちょうだい。

ふたりは行為に及ぶ。光は爆ぜ、六条の上に覆いかぶさったまま息を荒くしている。

六条　それから、あなたと私は裸のまま湖に向かった。夜空は暗い青。世界の始まりの色。遠くの方ではまだ爆撃の音。私達は生き残った。そう思った瞬間、吸い取られていた内臓がふたりの体のなかに戻って、外気の暑さがどっとやってきた。ふたりは水のなかに飛び込んだ。透き通った暗黒。無重力のなかで揺れるふたつの裸身は男も女も超えた曖昧な生き物。わかるかしら？　夜更けの湖水で流氷の合間で揺れるクリオネのように漂うあなたと私。完璧なまでに曖昧な生き物……あのときから私はずっとあの湖の水のなかにいるの。あなただってそうなのよ、ただ気がついていないだけ。ふたりはあの水を感じてしまったんだから。現実感などすべてまやかし。……（立ち上がり）さ、仕事よ。

六条は何かを持って来る。

光　は？

六条　溶けたのを汲み取るの。このバケツで。家の裏手に昔の防空壕の跡があるから。

そこに流し込んで、埋めるの。それで完璧。これで決着。いいわね、光さん。手伝ってちょうだい。

六条、バスタヴに近づく。悪臭に咳き込む。

六条　すごい臭いだわ。でも負けるもんですか。（汲む仕草。咳き込む）負けるもんですか。（運ぶ仕草。重い様子）よいしょ、よいしょ。よいしょ、よいしょっと。あら！（と滑って転ぶ。バケツの中身がぶちまけられた様子）うわーっ、どうしましょ、どうしましょ。片付けなくちゃ。（と泡を食って見えないモップを手にしてきて拭く仕草。と再び「あれー」と滑って転倒。泣きながら）どうしましょ、どうしましょ。助けて。助けて、光さん！

光　（六条の肩に手を置き）もうやめましょう。

六条はすっと泣き止む。

六条　……知らず知らずのうちにあなたを男に仕立て上げてしまった。男になった途端、あなたは私のもとから飛び立っていった。あれから私はずっと湖。水のなかからずっとあなたとあの子を眺めていた。

光　……葵を探しに行きます。

六条　わからないわ。そんなにあの子がいいの？

光　葵は病んでいます。

六条　そんなことが珍しいの？

光　葵との出会いを話しましょうか。

六条　まったく、葵、葵って。

光　聞きたくないのならやめます。

六条　聞きたいわ。

光　普通の恋愛とは違うんです。出会ってから数分後にぼくたちはもう体を重ねていた。そういう出会い方をしたんです。あなたはそれをいかがわしいと言うかも知れない。確かにその通りです。いかがわしい場所でぼくたちはいかがわしい出会い方をした。でもぼくはそのときそれまで女性に持ったことのない感情を葵に抱いたんです。愛しいと思うと同時にぼくにはこのいかがわしさが一番合っているのではないかと。これまで自分が女性の前でしていた仕草や口にした言葉はすべて嘘だったのではないかと。そのことはぼくにとって天地が引っ繰り返るほどの衝撃だったんです。それからぼくたちは何度となく会いました。抱けば抱くほどに彼女の体に刻み込まれた汚れを感じ取ることができた。あの白い体は汚れてるんです。ぼくにはそれがわかる。ぼくが抱くとそれまで葵を抱いた一夜限りの男達の記憶が白い皮膚に染みになって滲み出て来る。ぼくはそれに憤るどころか、葵の高貴な紋章のように感じた。あの子はきれいに汚れてる。その汚れはとてもいい香りがするんです。ぼくはあの子から離れられなくなった。驚いたのは彼女が本気で自分を醜いと信じていることでした。ぼくは何度も言った。汚れてることと醜いこととは違うと、だから君は美しいんだと。でも彼女は納得しなかった。次第にそう思い込んでいるのは彼女の父親のせいだとわかってきた。彼女は父親に、醜い醜いと言われ続けて育った。母親は早くに家を出ていた。父親とふたりだけで暮らす彼女は虐待を受けていた。性的に、です。十七歳のときにその父親は自殺を図った。風呂場で彼女の下着と高校の制服を身につけて、顔には化粧をして。異常な気配に気がついて彼女は風呂場に向かい、ぶら下がった父親を抱き上げた。そのおかげで父親は一命を取りとめた。しかしそれが良かったのかどうか……一時血液の流れを止められた脳はそれから回復されることはなかった。脳に障害を残したまま父親は未だ存命しています。それを聞いてやっとぼくは自分がなぜ葵にこんなにも魅かれるのかがわかった。……葵はぼく自身なんです。

六条　あなた自身？

光　今初めて人に話します。……十歳のとき、ぼくは近所の大学生から、なんというか、つまりいたずらされたんです。言ってる意味わかりますよね？　梅雨の上がった初夏の晴天の日だったな。学校から家へ帰る途中、呼び止められて。……彼はその後首を吊って自殺しました。それを聞いたとき、ぼくは自分が殺したんだと思った。葵とぼくの違いはそこなんだ。ぼくは殺したが、彼女は助けた。だが今となっては助けたことが彼女を苦しめている。殺してやったほうがよかったんだ。

六条　やっぱり……やっぱり、私の目は確かだった。今の告白に私が驚くと思って？私は見破っていた、そうしたことが必ずあなたにはあるって。でもあなたはやっ

光　ぱりまだまだね。（笑い）あなた、まだまだよ、光さん。

六条　どういう意味です？

光　うまい具合にあの子に丸め込まれているわ、あなた。

六条　丸め込まれている？

光　嘘なのよ、嘘。

六条　嘘？

光　あの子の言ってることはみんな嘘よ。あなたがあの子とつき合い始めたのを知って、私調べたの。あの子は平凡な子よ。凡庸極まりないただの郊外の不良。脳に障害のある父親ですって。あの子の父親は元気よ。普通に定年退職して郊外の一軒家に住んでるわ。

六条　……。

光　（葵の髪の毛を拾い）わかっていたのよ、私。あなたはあの子の嘘を愛しただけ。（その髪の毛をライターの火で燃やす）これで終わりにしますから。さ、カットしてちょうだい。いいわね、ここに座っても？

六条　……。

六条　座るわよ。（椅子に座る）

光　……嘘。

六条　……。

光　調べただなんて、あなたが嘘を言ってるのかも知れない。

六条　……そう思いたいのなら、そうしなさい。

光　それが女というやつだ。軽蔑ではありませんよ、尊敬してるんです。

六条　カットしてちょうだい、最後のカット。

光は六条の背後に立つ。

六条　やっぱり私を嫌な女にしたいのね。私はただあなたとでこぼこのない世界に住みたかっただけなのに。あなたは自分を知らない、いつでも無意識の人。あなたはでこぼこのない世界から間違ってこちらにやってきてしまった人。天使の羽根と悪魔の翼で。羽根と翼で送ってきた風で私の止まっていた時間が動き始めた。そのとき、私はもう帝国からの亡命者。私はあなたの匂いのない汗を吸うのが好きだった。精液を舌の上に乗せるのが好きだった。夏だった。夜になって湖畔の虫が鳴き始めた頃、アル中の小説家が好きだったカクテルをグラス一杯にして飲みながら、あなたは自分の祖国について話した。「ぼくの国にはでこぼこがないんだ。この世界はでこぼこがあるから争いが起こるんだ、金持ちと貧乏人が生まれるんだ、主人と奴隷が生まれるんだ、でこぼこさえ消えてしまえば、みんなが幸せになれるはずだ。ひっかかるものがなければ、のっぺらぼうになればこの世の苦悩は消える。地球の上に高い建物はいらない。木が生えるのは勝手だ。だから草木のためにも一度地球をのっぺらぼうにしなければ。人の顔だってそうだ。鼻やでこぼこがあるから美醜のことが気にかかってしまう、のっぺらぼうでいれば整形美容の費用もいらなくなる。」そう言うあなたに私は笑って答えたはずよ。「あら、あなたのその鼻がなくなってしまったらどんなにか悲しいでしょう」って。でもあなたの語ったその国の光景は鮮烈だった。のっぺらぼうの大地。草木と水があふれる場所であなたと私が笑ってじゃれ合っている。そんなふたりにもう年齢も性別もない。あなたは男ではなくて、私は女でもない。ふたりのでこぼこも消えてしまった。でもそうなっても私を抱いてちょうだい。夏だった。そう、夏だった。動き始めた私の時間の速度に見合うのが夏の熱。秋になれば八月に浴びた血の色が消える。秋の乾いた陽光が匂いを消してくれる。冬は思索の時間。春にはまた更新されて新しくなったあなたと出会う。いつもあなたと一緒。あなたといなければ私の時間が止まってしまう。夏だった。そう、あなたを最初に疑り始めたのも夏だった。あなたはいずれ私のもとから飛び立っていく。そう思うと私はあなたの羽根と翼を憎んだ。私にでこぼこが甦ったのはそのとき。あの頃、あなたの肩甲骨のあたりばかりを撫ぜるのにはわけがあったの。機会を見て羽根と翼をもぎとってやろうと。でもそんな思いも私のひとりずもうだった。あなたはもうそのとき、とっくにでこぼこを作って男になっていた。あなたは立派な大人の男になっていた。羽根も翼もいらなくなった。私はもうとっくに消えてしまっている羽根と翼をもぎとろうとして、ぶつぶつ独り言を言っているおばあさんに過ぎなかったんだわ。……戻って来て、光。

光

……カットを始めます。

光、六条の髪の毛を切る。その瞬間異様な音。大量の髪の毛が一斉に舞い、ふたりを見えなくする。暗くなる。
明るくなると、光が倒れている。意識を取り戻す。辺りを見回す。床に髪の毛が散逸しているのを見て、掃除用具を取り出し、一カ所にまとめる。それは髪の毛の山のようになる。透がやってくる。

透　あ、光さん。
光　君、どこへ行っていたんだ。この散らかりようはどういうことだ。困るな、きちんとしておいてくれないと。
透　……はあ、すみません。あの……
光　わからないな、なんだか頭がぼうっとしている。君、六条さんに会ったか？
透　ええ。ですから……
光　帰ったのか？
透　いいえ。今そこに見えられたところです。
光　どこに？
透　ぼくが着いたとき、ちょうど車から降りられたところで……。

六条が現れる。一見して品のある物静かな女性。

六条　（袖に向かって）近くに停めておいていただけます。ごめんなさい、すぐ終わりますから。（振り返り）お久しぶりね、光さん。元気にしてらした？

光　……。

六条　何その顔は。どうかしたの？　何かいけないことでもあったの？　それとも私が来たことが何かよくないことなの？

光　あの、あなた、どこにいました？

六条　どこって何を聞きたいの。二日前帰って来たばかり。半年間パリとミラノの往復でね。この二日というものずっと時差ボケ。うつらうつら、起きているのだか寝ているのだか自分でもわかりやしない。これつまらないものだけれど、おみやげ。葵さんの分もあるわ。葵さん、お元気にしてらして？

光　ええ……まあ……

六条　よかったわ。

光　六条さん、あなた……

六条　光さん、あなたとても幸せそう。

光　さっきまでここにいませんでしたか？

六条　何をおっしゃってるの。今来たばかりでしょう？　ずっと旅をしていたのよ、主人とずっと。私のご主人様ったら私がいなければ何もできない人で。ひとりだとお茶もいれられないのよ。……楽しい旅だった。（椅子に触れ）なつかしいわ、この感触。

光　六条さん、あなたは葵を知りませんか？

六条　はあ？

透　あの、葵さんなら病院に戻られました。

光　そうか、そうだったのか。

六条　光さん、顔色が変よ、どこか悪いんじゃない？　だいじょうぶ？

透　ぼ、ぼくが葵さんを病院まで連れていきました。

六条　あなた、もしかして透君かしら？

透　はい。

六条　立派になったのね。あの頃は田舎から出て来たばかりみたいだったのに。今度私の髪、カットしてくださらない？

光　病院に行ってくる。

六条　このおみやげ……

光が出て行きかけたところ、葵が歩いてくる。

光　葵……

葵は自分の髪をつかみ、剝ぎ取る。鬘である。葵は剃髪しており、頭に一本の髪の毛もない。

光　！

葵　処刑の準備ができたわ、光さん。（そう言いながら六条をじっと見る）

六条　今こっちじゃこういうのが流行ってるの？

葵　光さん、どうあたし？
光　誰がこんなことを。
透　ぼくです。
光　おまえが？
葵　あたしが透さんに頼んだの。一度カットしてって前から約束していたから。
透　……すみません。
光　余計なことを！

光、透に殴り掛かる。顔面をすさまじい勢いで殴りつける。

六条　ちょっと、あなたたち、一体……なんなの、これは……。
葵　やっぱり！（去ろうとする）
光　待って、葵！

光は葵を追い、強く抱き締める。六条は透に近づく。

六条　（介抱して）あなた、だいじょうぶ？

透　ええ……ちきしょう。

葵　（光の腕のなかで暴れて）お父さん、やめて、もうやめて、お父さん。

六条　ちょっと、この人達……。

葵　お父さん、髪をひっぱらないで！

光　だいじょぶだ、葵。ぼくはお父さんじゃない。

葵　ひっぱらないで！

光　だいじょぶだ、だいじょぶだって。

六条　（透に）あなた、こんなところ行きましょう。あなたの背中に羽根が見える。その羽根で大きく羽ばたいてみたくはない？

透　羽根？

六条　冗談よ、冗談。さっ、私についてらっしゃい。悪いふうにはしないから。光さん、元気でいてね。さようなら！

六条は透の手を引いて外に去る。葵は静かになっている。

葵　……行った？

光　え？

葵　あの人、行った？（立ち上がり）よかった。さあ、光さん、始めてくれる？　あたし、もうとっても元気よ。生まれ変わったの、あたし。とってもいい気分。

光　……。

葵は椅子に座る。

葵　カットを始めて。

光は葵の背後に立つ。

光　……どんなふうにしたい？

葵　あなたの好きにして。

光は葵の見えない髪の毛にハサミを動かし始める。

葵　光さん、あたしのこと好き?

光　ああ。もちろん……君を離しはしないよ……美しい、この髪……。

微かな風が起こり、髪の毛の山が崩れ始める。

幕

KOMACHI

登場人物

男
老人
老女

1

映画館

秋。遠くで戦争の物音がする。男が椅子に腰掛けて死んだようにぐったりしている。
やがて起き上がる。

男　まあ、そういうわけだ……。こうなったわけには、ありふれたお話が関係している。わざわざこんなことを言うこともないか。世界はありふれたお話に満ちあふれているんだし、お話というからには、それはいつだってありふれている。でもぼくは頭が良さそうに振る舞うことに飽き飽きしていた。ぼくは野蛮になりたかった。野蛮になるということは、世界にまだお話がひとつもなかった頃に自分がいると想像することだ。ご覧の通りぼくは若くもなければ年寄りでもない。無職。人は映画監督と呼ぶこともあるが、冗談じゃない、映画を撮っているのが映画監督だろう？　ぼくはもう八年間映画を撮れないでいる。八年という月日が長いか短いかはわからない。ただ、もしもあの時子供を持っていたとしたらその子は今頃ランドセルをしょっているんだなあと思ったりする。……さて、お話を続けよう。その頃、ぼくは新しい物語を見つけにそこいら中歩いていて、アパートに帰ることはほとんどなかった。本当のことを言えば、そうしていれば借金返済やら家賃滞納の催促から逃れることもできたからだ。この町に足を踏み入れた理由は下りたことのない駅だったから。初めて訪れる町で出会うかも知れない新しい物語。今から思うとぼくは少し感傷的だったんだな。駅前はさびれていて立ち食い蕎麦屋と回転ずしとコーヒーのチェーン店。通りの向こう側には界隈に住んでいた小説家達を紹介する文学館が建っていた。なかでも一番有名なのは三十五歳で自殺した作家。……自殺か。金銭的に行き詰まってるぼくにはれっきとした自殺の理由もあるわけだけど、それが動機とは思われたくない。自殺する元気があるんなら生きればいいんだ……。切り通しに挟まれた大通りを歩いていくと、通り沿いの商店街もほとんどシャッターが閉められたままだったり、居酒屋の扉はもう何年も人の出入りがないのだろう、車の排気ガスですすけて、内側から木でふさがれたガラス窓が割れている。通りはやがて坂になった。坂を上り切ったところの十字路でどっちへ行こうか迷った。結局引き返して坂の途中の路地に入った。少し行くと蕎麦屋と鰻屋が並んでいる。いい感じだったので、戻って来たときにどっちかで遅い昼食をとろうと思った。狭い道はさらに細くなっていって、民家の高い塀や樹木に挟まれて日の光が入って来ない。道には湿り気があって大通りの車の喧騒もまったく聞こえて来ない。予想した通り途中に小さなお稲荷さんの祠があった。ぼくはキツネの頭を撫ぜ、一円玉を投げていたいけに手を合わせた。来年には映画が撮れますように、と。さらに行くと不意に路地が消えた。通りに出てしまったのだが、駅から歩いて来た大通りとは違うようだ。急に陽光に晒されたせいだろうか、目眩に襲われて休める場所を探した。でも喫茶店も公園もなかった。その代わり映画館を見つけた。なんてことだろう、昔ながらの二本立て興行の名画座だった。でも感激している暇はなかった。とにかく休みたくて上映作品がなんであるかも確かめずに飛び込んだ。(再び椅子に座る)つまり、こういうことだ。ぼくのお話はこの映画館から始まる。ぼくはいま名画座の椅子に座っている。映画はまだ始まっていない。ビニール皮の椅子はスプリングが直に感じられて座り心地は最悪。床や壁には湿り気があり、性能の悪いスピーカーからはなぜかラプソディ・イン・ブルーが流れている。客席にはぼくだけだ。ぼくは目をつむる。ラプソディ・イン・ブルーの旋律が心地よく三半規管を揺さぶり、すぐに眠りに落ちる。そのままどれくらい時間が経過したかはわからない。気持ちよく目を覚ますと映画が始まっている。白黒の古い日本映画。ナチスの旗と日の丸が並んでいる。すごく古そうな映画で見るのは初めてだ。お話はこうだ。主人公である男が留学を終えてドイツから帰国の途についている。傍らにはドイツ人の恋人。男には日本人のいいなずけがいるが、留学先で身につけた西洋的価値観が身について、故郷の人間関係全部が封建制の遺物に見えてしまう。いいなずけであった女は男のその姿にショックを受ける。男の家族も戸惑うが、やがて故郷に滞在するうちに男の内面に日本的な価値観が復活してくる。その頃、男の心変わりに絶望した女は火山に飛び込んで自殺しようとしている。男は女を追い、間一髪のところ女を助ける。ラスト・シーン、ふたりは結婚し、新しい土地に赴いて農民になっている。広大な土地を開拓するふたりには子供も生まれた。男が大地で高々と新生児を抱き上げる。銃剣を持った日本兵が夫婦と子供を見守り微笑んでいる。……見終わったぼくは微動だもできずに暗くなったスクリーンを見つめていた。内容に感動したわけじゃない。ぼくは映画のタイトルを知ることができた。それはいつだったか映画史の一頁で目にしたものだったからだ。ラスト・シーンの広大な大地は満州と呼ばれた土地に違いない。戦後ずっと上映を封印されたままの映画『新しき国』。ヒロインを演じてるのは今は伝説となった女優、小町。戦後しばらくして不意に表舞台から姿を消した謎のスター。なぜぼくはここでこれを見ることができてるのだろう……

いつしか男の側に老人がいる。

老人 いつからここにいらっしゃるので？

男 (驚く)

老人 どこからお入りになったのです？

男 あの……

老人 足はついておられる？

男　はあ？

老人　気がつかなかった。私としたことが。すぐにお帰りください。

男　今の映画はもしかして……

老人　見たのですね？

男　はい。

老人　それなら満足されたでしょう。お帰りください。

男　はい。貴重なものをどうも。

男は立ち上がり、何かに気がつく。

男　客席にはぼくだけではなかった。暗がりから強い香水の匂いがした。ぼくはそのまま出口に向かおうとしたのだが、その匂いに再び立ちくらみがして……

男はそのほうへよろめいていく。その椅子には老女が座っている。

老女　……。

男　（老女の顔を見つめ）すみません……。時間が止まったように感じた。その老婆の顔が時間を止めた。老いというものの恐ろしさ、残酷さ、しかしその香りはどこか甘酸っぱく、なつかしく……

老人　お帰りください。姫はどなたにもお会いになりません。電話でも申しました通りインタビューの類いは一切お断りしております。私どもはあなた方ジャーナリズムにはうんざりしているのです。

男　いえ、ぼくは違うんです。

老人　電話の方ではない？

男　違います。

老人　では、あなたはどなたです。

男　まあ、前に映画を撮った者です。

老女　（反応する）

老人　映画を撮った？　監督ということですか？

男　そうとも言えますがね……でもなんでここにあのフィルムがあるんです？

老人　ここは姫のプライベートな場所です。さっ、姫。日が落ちました。夜露は体に良くない。

老女、映画館の椅子から立ち上がり、老人に付き添われて去る。去り際に男に秋波を送る。

男　出て初めてそこが廃館になった映画館だとわかった。姫と呼ばれていた老婆は恐らく相当の資産家に違いない。ここを買い上げて個人の上映館にしてるのだろう。なんという贅沢だ。インタビューと言っていたな。この映画館についてのことだろうか。あるいは『新しき国』を所蔵していることがすでに漏れていて……まあ、いい。ぼくは研究者でもマニアでもない。それにしても思いがけないところで得をしたな。映画は確かナチ党シンパのドイツ人監督が撮ったはずだ。日独防共協定が結ばれた後の初の日独合作映画。ラスト・シーンはナチスが当時の日本の満州政策を認めたことを意味したらしい。一部の人達にとっては思い出したくない映画。ずっと封印されていて滅多に上映されることはない。と本で読んだことがある。そう、映画を撮れないまま図書館で映画の本ばかりを読んで過ごした時期があったんだ。……秋の夜、来た道を戻った。虫の鳴き声が路地の暗がりから聞こえていた。湿った土の匂い。キンモクセイの香り。なぜかぼくは浮かれていた。計画した通り蕎麦屋に入ったが、金を持っていない自分にいまさらのように気がついた。でも、もうどうでもよかった。ぼくは映画のなかの若い小町にやられていた。蕎麦屋は薄暗く、壁や床にはうっすらと闇が張りつき、奥の調理場は深い闇に沈んでいる。熱燗と卵焼きを頼んだ。返事はない。それでも五分と経たないうちに注文したものが運ばれて来た。黄色い皺だらけの男の手が銚子を置く。見上げたが男の顔ははっきりしない。酒は体に染み渡り、酔いはすぐにまわった。なぜぼくはこうしてひとりでいるのだろう……他人を愛したことがないからだ。ぼくが愛したのはスクリーンのなかの女優達ばかりだった……。盛り蕎麦をひとつお願いします。

2

映画女優

遠くから音楽が聞こえてくる。酒をすする男は半睡半醒の態。例えば、老女が日傘などをさして現れる。老女は様々な映画女優の表象とイメージを踊る。

女優の観念と官能
リリアン・ギッシュの瞳
ガルボの鼻筋
ディートリヒのそげた頬　吐かれる煙草の煙
運命の女
ヴェロニカ・レイクは拳銃貸します
ラナ・ターナーは二度ベルを鳴らす

哀愁の湖のジーン・ティアニー
シモーヌ・シニョレの唇
リタ・ヘイワースのギルダが腰を振るとき
世界は変わった
何がベティ・デイビスに起こったか?
ジョーン・クロフォードは眠れない
ヴァンプ
ローレン・バコールの薄い胸
ガス灯の下でジョーン・ベネットの顔が浮かび上がる　飾り窓の女は血まみれでいる
マシンガンを抱えたアンジー・ディキンソン
無防備都市のアンナ・マニアーニが走る
あるいはバーグマン　ストロンボリ　失神する女
ヒッチコック映画
断崖のジョーン・フォンテーンは泥棒成金のグレース・ケリーにつけねらわれ、エヴァ・
マリー・セイントとともに北々西に進路をとる　そこには鳥に襲われるティッピ・

ヘドレン
銀幕　銀幕　銀幕　銀幕
映画女優　映画女優　映画女優　映画女優
女たちの体臭
汗と香水と嫉妬と野心　愛くるしさ

老女はふっといなくなる。

男　……長く待たされてやっと出て来た盛り蕎麦。（食べる）不思議な蕎麦だ。口のなかで蕎麦が蠢く。蕎麦ではなかった。大量のミミズが盛られていた。（吐き出し）おい、なんだよ、これは！　出て来いよ、誰かいないのか！

老人が現れる。

男　あれ……

老人　ここにおいででしたか。姫があなたをお引き止めになりたいと。
男　この蕎麦屋はなんなんです！
老人　蕎麦がどうかしたしましたか？
男　見てくださいよ、この盛り……（普通の蕎麦であるのに気がつく）あれ？（と食べてみる）
老人　ここの手打ちはおいしゅうございます。私どもも夕暮れ時などによく花巻蕎麦をいただいております。さっ、まいりましょう。
男　どこへいくんです？
老人　心配なさらずに。ここの勘定は払わせていただきましたので。
男　それは、どうも……でもどこへいくんです？
老人　先ほど映画をご覧になられたでしょう？
男　小町の映画を見ました。
老人　ですから、小町です。
男　はあ？
老人　小町様があなたをお待ちです。

男　……悪い冗談はやめてください。人を貧乏人だと思って。帰ります。ごちそうさまでした。

男が去ろうとするところ、老人、背後から布を鼻口に押しつける。

3

拉致

椅子に後ろ手を縛られ、目隠しをされた男がいる。

男　椅子の感触からそれがあの映画館だとすぐにわかった。座り心地最悪の椅子。映画を見ている最中には気がつかなかったが、なにか氷の上に座っているかのように冷たい。……また映画が上映されていた。『新しき国』とは別の映画。それもまた見たことのないものだ。起床ラッパ。戦闘機のエンジン音。爆撃の音。あふれる戦争の物音。その合間を縫うようにして吐かれる小町の台詞。戦時中に撮られた小町主演の戦意高揚映画だとすぐにわかった。ああ、映画が見たい。目隠しを外してくれ。ぼくは映画を耳で見た。一本目が終わり、続いて上映されたのは……これは見たことがあるぞ。『美しい青春の肖像』に違いない。戦後の復帰作。堪える小町がそこにいる。戦時下、自由主義の父親と左翼運動に身を投じる恋人を持ち、弾圧と迫害を受けながら。敗戦は彼女の勝利を意味する。ラスト・シーンだ。占領軍のトラクターの荷台に乗った農民達に引き上げられて同乗する小町。農村改革運動の指導者として。軍国のマドンナからデモクラシーの女神への転身……

いつしか老人が傍らにいる。

老人　ご気分はいかがです?

男　ちょいと、あなた、あなたは年寄りのくせに随分乱暴じゃありませんか。
老人　元気です。
男　元気じゃない、乱暴だ。
老人　そうですか。
男　ぼくを拉致したってなんの得もないですよ。身代金を取ろうったって親族からはとっくに見放されていますし。
老人　本当に映画監督なのですね？
男　八年間撮っていません。でもそう呼びたいなら勝手にどうぞ。
老人　代表作は？
男　代表作はこれから撮るものです。あの、目隠しを外してくれませんかね。

老人、男の目隠しを外す。

老人　何を撮られた？
男　ピンク映画の助監督を経て監督になってから三本撮りました。『女教師・濡れます濡れます』が処女作。二本目が『炸裂処女・爆走淫乱少女』、次が『乱れ人妻・私が大安売り』、いやもう一本あった。『乱れ人妻』が四本目で三本目は『痴女失神・日曜はイクよ』。あれ、違うか、『日曜はイクよ』が四本目で。そうだ、『真珠亭主・四個入れてます』というのも……

老人　もういい、もういい。

男　最後まで聞いてください。ピンクじゃないのも一本撮ってるんです。といってピンクを差別するわけじゃありませんがね。最後に撮ったのが一般映画の『フクロウの賭け』。

老人　ほほう。それは喜劇ですかな、メロドラマですかな?

男　……どちらでもないな。

老人　そんなことはないでしょう。

男　どちらかというとメロドラマかな。

老人　なるほど。

男　けっこう話題にはなったんだけどな。ちょっとばっかしちやほやされたもんで、調子に乗って映画批評とかやりだしたのがよくなかった。

老人 ほほう。なぜですかな？

男 映画理論がどうのこうのと、そういうことやりだすと嫌がられるってことに気がつかなかった。それで八年間、干されてる。

老人 八年ぐらいがなんです。私どもなどはかれこれここに百年近く生きています。

男 ああそうですか。それにしてはお元気なこって。ああ、そうだ。さっき上映されていた映画、後のは『美しい青春の肖像』だとすぐにわかりましたが、前のやつは何です？

老人 『上海決死隊』です。

男 知らないなあ。

老人 歴史に殺された映画です。仕方がない。私達は戦争に負けたのだ。

男 あなたは小町映画の収集家ですか？

老人 そういう言い方もできるでしょう。私ほどのファンはほかにはいない。

男 この映画館も文化財ものだな。

老人 戦前からここに建てられております。フィルムの記憶があちこちに埋め込まれています。ここの椅子は冷たいでしょう？ この椅子は実は墓石なのです。戦前、

男　戦時下、戦後。志半ばでこの世を去った映画人達の墓石なのです。そうした墓石の上に座ることができるのは姫だけなのです。

老人　それじゃどうしてぼくはこうしていられるんです？

男　さしずめ冒瀆ですな。

老人　好きでこうしてるわけじゃない。縄だか紐だかを解いてください。そうすればどきますよ。

老人、解く。男は立ち上がる。

老人　本当に映画監督なのですね？

男　しつこいな。そうだと確信してぼくを拉致したんでしょう。

老人　証拠がありませんので。

男　どうやって証拠を見せたらいいってんだ。そうだ、映画を撮らせてみたらいい。そしたらわかるでしょうよ。

老人　映画を撮りたいですか？

男　だからぼくは映画監督なんだって。

老人　脚本は読めますか？

男　脚本を読めない映画監督がいるかよ。いや、いるな。……いや、ほとんどの連中は読めないやつらばかりだ。

老人　あなたはいかがなのです？

男　読めるつもりでいますがね。自分でも書きますから。

老人　自分でも書く？

男　ええ。自分の撮るものはほとんど書いてますよ。

老人　よろしい。

男　なにがよろしいんだか。

老人　姫、この者は映画監督です。

老女が時代がかった大きな行李を引きずって現れる。椅子に座り、行李から記憶を取り出すかのようにぼろぼろの原稿用紙を取り出し、男に差し出す。戸惑いつつ男は受け取る。

男　なんです、これは？

老人　映画の脚本です。

男　あなたが書いた？

老人　いいえ。深草少将が書かれたものです。

男　深草少将？　知らないな。

老人　映画史にその名は刻まれてはおりません。姫を主演にしてこの映画を撮るはずだったのです。深草少将はこれを姫に残して戦地に赴きになられ、病死してしまわれた。これが実現していれば、姫の女優人生も今とは随分違うものになっていたでしょうに……。

男　ちょっと待ってください。おばあさん、あなたは一体誰なんです？

老女　……。

老人　小町です。神話のなかの女優、小町。

男　あの……ぼく、やっぱり帰らせてください。

老人　なぜです？

男　いいから、帰らせてください。

男、去ろうとすると、老人は行李から軍刀を取り出して刃を抜き、男を留める。

男　やっぱり乱暴なジーサンだ。

老人　元気です。私の質問に答えていただきたい。

男　なら言いましょう。あんたらボケ老人につきあえるほどぼくはお人よしじゃない。ミス・キャストだ。もっとだまされやすい人をキャスティングするんだな。

老人　小町を侮辱する気ですね。

男　小町だって？　このバーサンが小町？　『美しい青春の肖像』の、『佃島物語』の小町？　いくらもう四十数年近く隠遁生活を送っているといってもこれはないでしょう。もっと若くて映画史に無知な監督を選べよ。だますつもりならもっと似ているバーサン探してこいよ。

老人　国辱者！

と振りかぶろうとするところを老女が割って入る。老人、軍刀をしまう。老女は行李から数枚の写真を取り出し、男に渡す。

男　（写真を見て）なるほど。どれもこれも若いころのスター小町の写真だ。だがこれだけであなたが小町だという証拠になんかなりゃしませんよ。

老女はさらに懐からぼろぼろになった写真を一枚、男に渡す。

男　（見て）これは……そっくりというか……ぼくじゃないか。

老人　深草少将です。私も最初あなたを見たときには、これは幽霊が出てきたのだと。

男　老人達の思い出につきあえというんだな。

老人　映画を撮っていただきたい。小町のために。

男　……わかった。それならもしバーサンが本当の小町だとしてだ……

老人　だとしてとは何事ぞ！

男　わかった、わかった。ところでちょっと伺いたいんだけど、あなたがたは夫婦？

老人　永遠の処女と謳われていた小町が夫婦でいるわけがないでしょうに。

男　ひっかからなかったな。ボロを出すと期待したのに。

老人　私はただのファンです。

男　なるほど。わかりました。じゃあもうひとつ質問しますけど、なぜいまさら小町さんは映画に出ようというんです。カメラの前に身を晒すことに嫌気がさして引退したんじゃなかったんですか。『新しき国』に出演したときは確かまだ十代でしたよね。ドイツの監督による日独合作映画。日本の満州国建設政策へのドイツの支援と日本のナチスへの共闘の視線。確かあなたは公開当時ベルリンまで行ってゲッベルスとも会見しているはずだ。それから戦前の軍国主義の母、戦後すぐの民主主義デモクラシーの女神、そしてつましい日本へのノスタルジアの象徴としての美しき日本女性像。まったく申し分のない女優人生。あなたはさっき別の女優人生があり得たと言ったが、そんなもん必要ないじゃないですか。

老人　その通り。ですから実を言えば私は小町の復活には反対なのです。いくら深草少将の残した脚本とはいえ、今はもう小町は銀幕のなかだけで生きていればいい。しかし、未だ衰えぬ若さと美貌がそれを許さない。

男　若さと美貌か。

老人　深草少将は小町に恋をされて三日とあけずに撮影所に通っていらした。「私の映画に出てください」と九十九回申し込まれた。小町はその申し出に黙って微笑むだけでした。私はそれを実績のない者への無言の返答と解釈しておりましたが、それは間違いでした。小町もまた深草少将に恋をしていたのです。しかし、そんなことが許されるはずもない、なんといっても小町は永遠の処女なのですから。深草少将の病死の知らせを受けたとき、小町は一度死んだのです、永遠の処女として。あれからというもの小町はずっと死体だったのです。それゆえにこそ、時代時代の大義名分の数々を担うことができたのです。引退してやっと平穏が訪れた。だから今はもう本当の死体として墓石の上でじっといていればいいものを、未だ光り輝く肌、緑の黒髪、しなやかな体がそれを許さない！

老女、行李からカチンコを取り出し老人に渡す。

男　なにをしようってんです？

老人　なんと因果な運命なのだろう、映画女優というのは。

男　なにが始まろうとしてるんです。

老人　あなた、撮るのですよ、映画を！

老女、カメラの前にいるかのような態勢に入る。

男　ぼく？

老人　準備は万端です。さあ、一刻も早く監督の掛け声をいただきたい。

男　……ヨーイ……スタート。

老人、カチンコを鳴らす。

4

敗戦前

老女は踊る　皺を伸ばして踊る　白髪をなびかせて踊る
若い老女は踊る　地球の上を
そのとき戦前戦中戦後は溶けて混ざりあう　戦前の日本家屋の闇　障子　蠟燭　格子戸　くみ取りの和式便所　家長の憂鬱　畳の上　暗がりの性交　陰影礼讃のざわめき
空襲　灯火管制の闇　防空壕の闇　閃光に浮かぶ君の横顔
闇は語る　おしゃべりな闇は民族主義を超克する
満州　ナチ党党大会　新しき土　意志の勝利　閉ざされた歴史の闇　満映理事長甘粕の肖像写真の右下の染みの闇　軍帽のひさしに隠れた党員の視線の闇　行進する軍人の路上に映じる影の闇
宣伝相ゲッベルスの両頬に刻まれた闇

女優　女優　女優
女優の香り
独裁者　独裁者　独裁者
独裁者の体臭
反ユダヤ人主義の映画監督
老女は若い日本兵に変化する
支那の娘
大陸浪人　拳銃　馬賊　土煙　硝煙
それらいっさいの匂い
いけない、日本の軍人からそんなものもらって恥ずかしくないのか！
大陸の地平線　沈む夕日の黒点
うちおろされる軍刀の闇
大地の香り
虚無の匂い

5

再会

老女の首に日本兵の格好をした老人の軍刀が振り下ろされる。傍らにいた男がそれに反応して叫び声を上げる。

男　ああ！　ぼくの首！

老女　……。

男　小町！

老女　（振り向く）

男　そう。こういうことだったんだ。小町、見えるかい、今のぼくの姿が……。

老女　（うなずく）

男　ぼくはもう首だけになってしまった。ぼくの所属する第十六師団は大連をへて上海から西二百キロ、ここ南京にたどり着いた。この地でぼくは味方の手によって処刑された。支那の娘を逃がし、脱走を図ったからだ。支那の娘は君と瓜二つだった。君のブロマイドを見せると、その娘も自分とあまりにそっくりなので驚いていた。すまない小町、ぼくはその娘に恋心を抱いてしまったのだ。あまりに君に似過ぎていたから。しかしこれは恋などと呼んではいけないのかも知れない。ぼくはただ抵抗しない娘を凌辱したに過ぎないのだろうから。ぼくがこうして首だけになったのはその罰だろう。おかげでせいせいした。下半身がなくなって煩悩が減ったというわけだ。

老女　……。

男　これで君は本当に永遠の処女でいられる。

老女　……。

男　それとも、君はもうもしかして……

老女　……。

男　いや、そうだとしてもかまうもんか。こうなった今のぼくにははっきりわかる。体と魂は別物だ。魂だけでも映画は撮れる。ぼくの映画の脚本読んでくれたかい。

老女　君はあれをどう思った？

男　……。

よかった。君がどう思うかずっと気掛かりだった。覚えているかな。君とよく歩いた道。正確にいうとぼくらはまったくの他人の顔をして注意深く離れて歩いていた。ぼくは君がちゃんとついてきているかどうか、人に気づかれないように時折振り返って確かめていた。ほこりっぽい道で、キンモクセイの香りがして、歩くのは決まって夕暮れ時だった。電線の向こうに淡い色の夕焼けが見えた。坂道の途中の路地を曲がって行く映画館でぼくたちはよくアメリカ映画を見た。ぼくも君もチャップリンが好きだった。撮影所で君はよくチャップリンの物まねをしてぼくを笑わせた。あの映画館に君とぼくの映画がかけられることがぼくの夢だ。それがかなえば魂までも死滅してしまっていい。……この戦争は負けるよ。確実に日本は負ける。だからそのためにも映画を撮っておかないと。ぼくたちが過ごした、たおやかな闇をフィルムに焼きつけておかないと。そうしたらぼくの魂は消える。君は生き続けるだろう。君はこのまま生き続けなければならない。なぜなら君はぼくたちの暗がりを知っているのだから、ぼくたちのフィルムと共に生身の女優として生をまっとうしなければならない。君の魂は永遠だ。ぼくにはわかる。君には色々な災難がこれから降りかかるだろう。様々な主義主張を声高に口にする連中が君の美貌を利用するだろう。抵抗する必要などない。誰も君を本当の意味では利用し尽くせやしないのだから。日本はこの戦争に負ける。たおやかな闇は無味乾燥な光に晒されて永久になくなるだろう。しかし、君の魂とぼくたちのフィルムは残り続ける。だから、何をどう言われようとかまやしない。ぼくにはわかる、首だけになってしまったぼくには未来が見える……幻から幻を渡り歩いてこの国の人間達はそこそこ無難に生き延びていき、君を非難するかも知れない。言わせておけばいい。大義名分を纏うことの恐ろしさは、纏ってみせた者にしかわからないのだ。今撮っているこのフィルムがそのことを証明するだろう。たおやかな闇に満たされたぼくたちの楽園。……小町、次のカットの準備だ。

老女　（準備する）

男　……ぼくはこれを撮り終えたら今度は本当に成仏できるだろう…………（首を振り）いや、待て。ぼくは……ぼくの首はついている。ぼくは深草少将じゃない。やっぱりだまそうとしたんだな……でも……小町、なんて美しいんだろう。君は残酷なまでに美しく、なつかしく……。君に触れたい。君を撮りたい。スクリーンに投射したい。まぶたの愛撫。網膜のなかの帝国。君が織り成す情熱と諦めの奴隷として、ぼくは影に濡れ、光に突き立てる。でも君を残したいから撮りたいんじゃない。なぜなら君自体が光と影だから。フィルムの細胞。スクリーンの皮膚。君はどこにもいない。最初からここにはいなかったものなんだ。だからこそぼくは恥ずかしげもなく言える、君が美しいと。小町、次のカットいくよ……ヨーイ……スタート。

小町の踊り。映画と帝国への哀惜を込めた踊り。やがて本物のフィルムが取り出され、自分の体に巻きつけていく。男を引き入れ、首にフィルムを巻きつけて締める。男は冒頭の椅子に座り、絶命する。小町は男の死体を見て嘆く。嘆きがおさまった頃、どこか晴れ晴れとした虚無を抱きながらゆっくり去っていく。

6 回顧上映

老人が現れ、死体を確認する。

老人　またやってしまわれた。やはりこいつも才能がなかったということだ。まったく当節の若者ときたら。……でもいいだろう、これでいいのだ。さてと証拠はしっかり隠滅してと。

老人は男の首のフィルムを取って去る。

男　（死体のまま）まあ、そういうわけだ……われながら不運なやつだ。本当のところバーサンが誰だったのかなんて野暮は聞きっこなしだ。とにかくぼくは死んだ。この後ジーサンに切り刻まれて海中にでも捨てられるのだろうか、それともこのまま樹海にでも埋められるのか。できれば行方不明にはならずに死亡記事が夕刊紙の片隅にでも出てほしいもんだ。こうなってしまったからにはもう我が身の不幸を嘆くのはやめよう。回顧上映会も開催されるかも知れないし、夭折の映画監督のひとりとして名前を記憶されるかも知れないから。……それにしても哀れなやつ……心残りなのは結局盛り蕎麦を食べ終えることができなかったことと、深草少将と呼ばれていた男のシナリオを読む暇がなかったこと。……あそこには何が書かれていたんだろう。なあに、どうせ素人が書いたありふれたお話に決まってる。そしてぼくはありふれたお話にのっとって死んだ。だからお話ってやつは油断がならない。ぼくの魂はもうとことんお話の流れに乗って、あの映画のラスト・シーン、満州の大地にまでさまよっていくとでもいうのだろうか。そこで魂は、たおやかな闇に埋められる……そんな馬鹿な……でもあり得ないことでもない、お話ってのはいつだって平凡でいて奇想天外なんだから……たおやかな闇か……どこに行けばそれが見られるかって？　映画史にも記されていない失われたフィルムのなか、未完のままのお話。その続きを撮ろうとする映画監督は決まってぼくのように死ぬに違いない。このことは才能とは別の問題だ。……ぼくは今誰に語りかけているのだろう。聞いている人達がいるのなら忠告しておこう。もう死人なのだから偉そうなことを言わせてもらってもいいだろう。映画女優と名乗る人種にはくれぐれも気をつけることだ。間違っても簡単に声をかけてはいけない。ヨーイ、スタートだなんて……。

背後に映画館の客席が映写される。そのなかでは男が椅子に座り、正面、すなわち映画を楽しそうに見ている。老女と老人が現れる。老人は男の死体を床に落とし、引きずっていく。老女はカメラを前にした映画女優のポーズをとる。花花しく……。

幕

※参考文献　四方田犬彦『日本の女優』（岩波書店）

あとがき

収められた二本の戯曲は世田谷パブリックシアターの現芸術監督野村萬斎氏から依頼された現代能楽集のシリーズ企画の第一弾として書かれた。

野村氏の意図は明快で、能を現代のドラマとして甦らせるということだ。しかし、これは明快ではあるが、簡単なことではないことは誰しも知っている。かといって考え過ぎても仕方のないことで、こうした大胆さと細心さを要求される仕事はいつの世にあっても魅力的であるらしく、すでに古典と現代の冒険と実験は先人たちによって随分の数の上演が試みられていることも私たちは知っている。

ご多分に漏れず、私もまたそうした魅力に引きずられて、野村氏の企画に乗ったわけだ。

能、文楽、狂言、歌舞伎といった古典の舞台の様式、表象あるいは生理、感覚は本人が好むと好まざるにかかわらず、また意識的であるかどうかにもかかわらず日本の現代の演劇人の深層に、空気のような存在感で留まり続けているという実感がある。

野心的と呼ばれる外国の演出家はよく日本の古典の様式を大胆に取り入れた演出を披露するが、それが日本の演出家には無邪気にしか見えないのは、私たちにとってそれは空気のようなものであるからで、幸か不幸か、彼らのような大胆であるばかりの演出は恥ずかしくて到底できない。物事をよく知らないということは本当に恐ろしいことだ。

しかし、だからといって空気は空気だというばかりで放っておく手もないわけで、ここでひとつ己が内部とやらにあるらしい古典の演劇言語をじっくり見つめてやろうというのが、この戯曲を書き、さらに演出したいと思った動機で、野村氏によれば、彼が最初にこの企画を私に告げたその瞬間においてすでに私の腰は半分上がっていたということだ。

かねてよりこういうことはやりたかったらしく、待ってました！　というわけだ。

野村氏がシリーズの一回目の劇作・演出に私を選んだ理由のひとつとしては、私が三島由紀夫の『近代能楽集』のなかの数本をこれまで幾度となく演出、上演していることもあったと想像する。現代能楽集というシリーズ名が三島由紀夫の『近代能楽集』へのまなざしを含んでいることは明白だ。

一九八九年、新宿はスペース・ゼロのオープニングフェスティバルに私は『卒塔婆小町』と『葵上』を演出し、九八年にはニューヨーク大学に客員演出家として招かれた際、アメリカ人の俳優志望の学生たちと共に『卒塔婆小町』『弱法師』を、さらに二〇〇一年紀伊國屋ホールで江戸糸あやつり人形結城座と共にこのときは『班女』『弱法師』『卒塔婆小町』を演出、上演し、なおかつ日本における『卒塔婆小町』の舞台では私本人が老婆役として出演するという厚かましさを披露している。

私がこれほどまでに『近代能楽集』にこだわりを持ったのも、現代劇、現代演劇人のなかの古典の演劇言語のありようと使いようを確認したかったためではなかろうか。

とも思う。真相はどうだかわからない。とこのような言いぐさを付記するのは、最近私は自分の自己解説の身振りに嫌気がさしているからなのだ。一歩、演劇創造の現場に踏み込めば、そこはフレキシビリティに満ちあふれたところなわけで、自分で書いたり言っていることが本当に真相であるのか、最近自分でわからなくなっている。あるいは自己分析によって自分を規定したくないということだろうか。

ともかくも古典の元の能の原作と三島の『近代能楽集』を右左に据え、それらに挟まれたかのようなスタンスを保ちつつ、二本の戯曲を書いた。

欧米の近代劇が作り上げていった劇構造とはまるで別個の物語が展開する、それが古典の能であり、そうした非合理性、不合理性を近代劇の枠組みのなかに取り入れようとしたのが三島の能楽集の目論みだというのが私の理解の仕方だ。

おおむね、私もまた三島の方法を踏襲したが、当たり前のことながら、出来上がったものが同じテイストということにはならないだろう。

その理由として、書き手が違うからという当たり前さを挙げたいわけではもちろんなく、しかし、このこともまったく当たり前のことなのだが、私がこの現代に生きていて、今という時代の現代人を描きたい、描こうとしたためということに尽きる。

『近代能楽集』の構造は今でも十分新しいが、描かれる風俗、設定はやはり隔世の感を否めない。

現代を生きている作家にしか現代は描けない。こうした当たり前の事実にたどり着いて、私は新しい物語という呪縛から解放され、構造としての物語とある程度の和解をみた。程度の塩梅はこの二作品を読んで判断していただきたい。

これがかつて「物語を懐疑する物語作家」と名付けられたことのある劇作家の現況だ。

二十代に書いた八〇年代の戯曲と比べると、書き方のスタイルも、また演出も随分と変わった。今でも性懲りなく劇集団を抱えているが、維持の仕方も劇団員への接し方も変わった。さらに厚かましさを発揮させると私はピカソ、ゴダール、マイルス・デイビスといった人たちのように一定のスタイルを築き上げた一秒後にはそこからの脱出の方法を考えているといったタイプなのだろう。

だからどうしたと言われればそれまでだが、できればこうした私の変化に付き合い続けていただける奇特な方たちが少数でもいて欲しいと願うばかりだ。

野村萬斎氏をはじめとする世田谷パブリックシアターのスタッ

フのみなさん、出演者のみなさん、そして『ハムレットクローン』に続いて戯曲集の出版にご尽力いただいた君島悦子さんに感謝します。

川村　毅

二〇〇三年九月

現代能楽集Ⅰ『AOI／KOMACHI』上演記録

東京◉2003年11月14日～30日　シアタートラム
京都◉2003年12月 6日～ 7日　京都芸術劇場　studio21

作・演出・・川村毅

キャスト
『AOI』
透・・・・・蟹江一平
葵・・・・・森ほさち
光・・・・・長谷川博己
六条・・・・麻実れい

『KOMACHI』
男・・・・・手塚とおる
老人・・・・福士惠二
老女・・・・笠井叡

スタッフ
美術・・・・堀尾幸男
映像・・・・伊藤高志
照明・・・・大野道乃
音響・・・・島猛
衣裳・・・・半田悦子
演出助手・・小松主税
技術監督・・眞野純
舞台監督・・山本園子

監修・・・・野村萬斎（世田谷パブリックシアター芸術監督）

主催（東京公演）・・財団法人せたがや文化財団
　　（京都公演）・・京都造形芸術大学舞台芸術研究センター
企画制作・・・・・・世田谷パブリックシアター

世田谷パブリックシアター・京都造形芸術大学舞台芸術研究センター
共同プロデュース作品

川村 毅（かわむら・たけし）
作家・演出家。1959年東京生まれ。明治大学政治経済学部卒業。1980年、劇団第三エロチカ創立、2002年ティーファクトリーを創立、主宰。1985年度第30回岸田國士戯曲賞を「新宿八犬伝 第一巻―犬の誕生―」にて受賞。1990年初演、潤色・演出作品「マクベスという名の男」にて以降、世界各国の国際演劇祭に招かれる。1996年、ACC日米芸術交流プログラムによりニューヨーク滞在。1998年、ニューヨーク大学客員演出家として招かれ、オーディションメンバーにより三島由紀夫作「近代能楽集」英語版を演出。1999年より取り組んでいる「ハムレットクローン」にて2003年ドイツツアーに招かれる。現在、京都造形芸術大学助教授。著書に戯曲集『ハムレットクローン』『川村毅戯曲集1～3』、小説『ギッターズ』、エッセイ『男性失格』など多数。
http://www1.odn.ne.jp/info/t_factory/

AOI KOMACHI

2003年11月14日　初版第1刷印刷
2003年11月25日　初版第1刷発行

著者　川村　毅
発行者　森下紀夫
発行所　論 創 社
東京都千代田区神田神保町 2-23　北井ビル
tel. 03(3264)5254　fax. 03(3264)5232
振替口座 00160-1-155266
造本　宗利淳一
印刷・製本　中央精版印刷

ISBN4-8460-0483-X